KB176320

푸른사상
시선

*94*

# 너를 사랑하는 힘

안 효 희 시집

 푸른사상
PRUNSASANG

푸른사상 시선 94

# 너를 사랑하는 힘

인쇄 · 2018년 10월 30일 | 발행 · 2018년 11월 5일

지은이 · 안효희
펴낸이 · 한봉숙
펴낸곳 · 푸른사상사

주간 · 맹문재 | 편집 · 지순이, 김수란 | 마케팅 · 김두천
등록 · 1999년 7월 8일 제2-2876호
주소 · 경기도 파주시 회동길 337-16(서패동 470-6) 푸른사상사
대표전화 · 031) 955-9111(2) | 팩시밀리 · 031) 955-9114
이메일 · prun21c@hanmail.net
홈페이지 · http://www.prun21c.com

ISBN 979-11-308-1380-6  03810

값 9,000원

이 도서의 국립중앙도서관 출판시도서목록(CIP)은 서지정보유통지원시스템 홈페
이지(http://seoji.nl.go.kr)와 국가자료공동목록시스템(http://www.nl.go.kr/kolisnet)
에서 이용하실 수 있습니다. (CIP제어번호 : CIP2018034385)

너를 사랑하는 힘

본 도서는 2018년 부산광역시, 부산문화재단 지역문화예술특성화지원사
업으로 지원을 받았습니다.

또 한 걸음
걷고 있는 나를 만난다.

나무와 숲 사이에서
밤과 낮 사이에서

추구했지만 이룰 수 없었던
시간들을
세 번째 시집으로 묶는다.

오랫동안 함께해준 당신에게 감사한다.

2018년 가을
안 효 희

| 차례 |

■ 시인의 말

제1부

제2부

제3부

# 제4부

제1부

# Let it be

숲이 있는 공원이면 충분하다
비둘기 똥이 묻은 벤치에 엉덩이를 기댄 채, 낡은 기타와 하
모니카로 제2의 세상을 노래한다

렛잇비~ 렛잇비~

덥수룩한 머리도, 닳아 해진 바지도 리듬에 맞추어 흔들흔
들, 울창한 초록의 수면을 흔든다

굳은살 박인 그의 긴 손가락 따라 몸을 흔드는 사람들
몇 사람이 박수를 치고 몇 사람이 주머니 뒤적여 차 한 잔을
내민다

밥을 먹으며 노래하고
잠을 자며 노래하는 그의 렛잇비~

그냥 내버려두세요, 그냥 내버려두세요

달콤하면서도 시큼한 그의 렛잇비~, 떡갈나무 잎사귀에,
붉가시나무 가지에 주렁주렁 매달리도록

# 붉은 맨드라미, 붉은 칸나

장작 난로에 불 피우려면
기도하듯 무릎 꿇어야 한다
아니 누군가에게 용서받아야 한다면
장작 난로에 불 피워야 한다

신문지 북북 찢어 불쏘시개를 깔고
밤을 견딘 밤나무 잔가지를 모아 불을 붙인다

차가워 냉정했거나
얼었던 마음에 불씨 붙일 수 있다면

말라
죽어가던 나무가 타닥타닥
다시 살아난다

불이 되면서 생긴 갈등과
증오의 부스러기가 연기로 피어오른다
가만히 무릎을 꿇은 자세,

연기를 핑계 삼아 눈물 흘려도 좋다

갇혀 있던
불의 씨앗,
생일날처럼 마주 앉아
손바닥 활짝 펼쳐 빈 손을 보여준다

바람이 없어도 흔들린다
바람이 없어도 피어난다

붉은 맨드라미, 붉은 칸나

# 혼자 산다

수많은 타인들 걸어가는 거리, 셋 중 한 명은 혼자 산다 혼
술, 혼밥, 혼영을 즐기는 새로운 방식, 동거인 없는 집에 무
성한 것은 모노드라마이거나 독백, 어느 작가의 묘비명처럼
"나는 아무것도 바라지 않는다 아무것도 두려워하지 않는다
나는 자유다"라고 외친다

딩동! 주문하지 않은 아침이 배달되어 온다
벌레가 된 그레고르*처럼 번쩍 눈 뜨고 일어나
이 앙다문 지퍼 같은 전신을 열어
거울을 본다
두 팔로 나를 끌어안는다

혼잣말을 하며 벽에 걸린 흰 꽃 화분에 물을 준다
시든 나를 하나씩 뜯어 먹는다

자신을 위해 끓인 라면을 쏟아버리고 외출을 한다 숨겨놓
은 적막에게 굿바이 손 흔든다 버젓이 걸어 나와 의자에 앉거
나 침대에 누워 모른 척한다 마주친 길고양이에게 밥을 주며

"너도 너를 기르고 있니! 가면을 벗었니!" 고독은 나의 힘, 미혼(未婚)이 아닌 비혼(非婚)은 너무 맛있고 너무 즐겁고 너무 행복해서 가끔 눈물이 나는, 나를 기르는 중

* 프란츠 카프카의 『변신』 중에서

# 너를 사랑하는 힘

믿음이라는 것은 어디까지 유효한가!

한쪽이 짓무른 사과를 베어 문다
냉장고 속 차고 어두운 곳, 힘에 짓눌린 양파는 썩는다 살이
맞닿은 사과는 물러진다

서로에게 상처 주지 않는 적절한 거리는 몇 미터인가!

달은 지고 꿈은 선명하였다
침묵하거나 침묵하지 못한 변명을 삼키며 맨발로 이상한
밤을 걸어간다 손을 내민 채 잠이 들면 수십 킬로미터를 걸어
온 네가 마주 잡아줄 것인가

모든 것을 끌어안은 채 마지막 이별, 주황색 불빛이 그림자
를 당기는 거리에 선다 아를(Arles)의 밤처럼 외롭고 스산한 별
빛이 머리 위에 빛난다

썩고 싶지 않았던 고백과 뉘우침이, 느린 구름을 머리에 이

고 천천히 걸어간다 또다시 발이 푹 빠지고 두근거리는 의심

으로

# 치유의 방식

저장 강박이 아니다
앤디 워홀이 일생 동안 쌓아 올린
가득한 상자들

결코 버릴 수 없는 타임캡슐
내 집에도 가득하다

읽지 않는 책, 걸려 있는 옷
알리바이를 증명하듯 탑승권과 입장권

흑백사진 속의 구겨진 나날과
먼지처럼 떠다니는 우울과
정체를 알 수 없는 그리움으로 가득한
수많은 나를 겹겹이 껴안고 살아

습자지 위의 붓글씨처럼
지나간 시간이 가장 선명하게 새겨진 몸을 긁는다

읽히지 않는 푸코의 책 위로

한 무리 아프리카 얼룩말이 뛰고
프라도 미술관에서 산 파란색 가방 속에서
천 길 낙하하는 빅토리아 폭포 물소리가 들린다

터키 괴레메 마을의 기암괴석 은밀한 풍화처럼
시간을 먹고 사는 나의 도구들

행복보다 중요한 건 불안하지 않는 것

상처를 차곡차곡 외부에 쌓아 곱씹으며
수천 수만의 장면과 비명으로
이루어지는 치유의 방식

오래도록……

하지만 변하지 않는 본질은 없어
모든 것 스스로 내려놓는 날이 올 것이다
처음으로 돌아가는 말 없는 시간이
곧……

# 모노톤

선천성 시각장애인
나의 꿈속엔 장면이 없다

……

주먹을 쥔 의자가 쾅! 문을 닫고 나갈 때
꽃이 없는 입, 혀를 감추고 노래 부른다

……

꿈은 소리로 쌓아 올린 성벽, 검은 발바닥에 해가 뜨고 해가
질 때
쏴아! 휘어진 바람이 공중에 부딪힌다

3
아니야! 그곳이 아니야! 덜컹거리는 문, 덜컹거리는 얼굴

……

수만 갈래 얇은 전선을 따라 흩어진 아침이 평행 이동 중이다
코끝에 묻어 오는 아침의 냄새

......

어쩌다 갈비뼈 끝에서

죽은 별을 닮은 햇살이 딸꾹질하듯 말 걸어오면

온통 손바닥뿐인 몸,

처음처럼 다시 눈물이 난다


6

깊고 어두운 생애가 365시간 블랙박스처럼 기록되는


선천성 어두움


가득한 형상 속에서 태어난

내 얼굴의 소리와 당신의 냄새

# 백 년 동안 퍼석거리는 나라

영도다리 아래,
한 평 점(占)집이 있어

두 손바닥 펼치기에 꼭 알맞은 방
초야에 펼친 그 밥상 위엔 낡은 염주가 있고
구부려져 낮잠 자는 등을 맞댄
백 년 동안 퍼석거리는 나라가 있어

방문을 열어, 철썩이는 바다를 열어
어제를 띄워 보내지만
방문 앞 슬리퍼는 일생 동안 비를 맞는다
쪼그리고 앉아 세수를 한다
비누 조각마저 얇게 부서지는 손바닥엔
늙은 시간이 지렁이처럼 기어가는데

쉿! 염주가 돌아간다
어젯밤 꿈이 잠에서 깬다
넘기는 책갈피 사이사이

남은 생이 궁금한 사주 팔자는
펄렁펄렁 살색 커튼을 흔든다

고래처럼 숨 쉬는 다리 위에서
북쪽 별을 보며 나뭇가지를 흔드는데
방금 정수리를 빠져나온
영혼 하나가 휘익 지나간다

# 밀서

경주에 가면
나무 두 그루를 키우는 왕릉이 있어
멀고 오래된
기도 앞에 두 손을 모은다

푸른 나뭇가지처럼 보이는
뼈와 살, 어느 왕족이 염력으로 빚어낸
그들의 자손, 그들의 수호신

바깥을 향하여 뻗은
무덤 안의 손과 무덤 안의 말이
무사처럼 사방을 경계하며 서성인다

무덤 아래 궁릉엔
아직도 뚝뚝 떨어지는 핏방울
마르지 않는 전언

나무껍질 속에 숨겨둔 밀서는

해마다 푸르러지며

마른 등뼈로 세운 차가운 발톱을 밀어낸다


터벅터벅 걸어가는 나는

끝없는 몰락의 길


내가 모르는

몇 번째 블랙홀 속의

중요하지 않은 비밀이던가!

# 맹인이 걸어간다

한 어둠이 걸어간다

맛을 음미하듯 세상을 음미하며 걸어

소리의 반음 낮음과 반음 높음을 헤아려 착지의 순간처럼
발을 내디딘다

조금 더 가까이

육체의 어둠이, 영혼의 어둠에게 손을 건넨다

낮에도 별을 띄우는 깊숙한 곳으로부터

지팡이 휘휘 저어

수많은 당신을 걸어

걸어, 걸어

어두워 더 투명해지는 달빛처럼

침묵이 아니고서는 말할 수 없는 눈빛처럼

구름 속을

# 악취

다시는 되돌아 나갈 수 없는 골목, 페즈의 염색장, 털이 벗겨진 가죽이 생전에 할 수 없는 모습으로 바닥에 누워 있다 여기저기 땡볕에 뒹구는 것은 너덜너덜 찢어진 비명, 살점이 붙은 것은 모두 비둘기 똥물에 담근다 죽은 비둘기의 죽은 비명이 들린다 코를 박고 엎드려 비명을 문지르다 보면 사내의 영혼은 이미 달아나고 없다 육체는 붉었다가 희어지고 다시 검어질 뿐, 숨은 쉬지 않을수록 좋다 마술처럼 색깔이 달라지는 손으로 구슬을 달아 슬리퍼를 완성한다 슬리퍼를 신은 사내의 검은 발이 성큼성큼 걸어간다 비틀비틀 악취가 걸어온다

한쪽 모퉁이 종일 서 있는 박하나무가 천 개의 손을 모으고 있다

# 그림자에 등을 기댄다

나무 그림자에 등을 기댄다
기댄 것은 나인가 그림자인가

배우처럼 분칠을 한다

언제나 웃는 얼굴은 슬퍼지는 얼굴을 데리고 산다
움직이는 순간마다 서로를 바라본다
울며 웃으며 끌어안는다

물들지 않는 단풍나무 잎사귀 떨어진다
가본 적 없는 숲에서 날아온 먹그늘나비가 손톱 위에 앉는
다

그림자를 끌고 가는 왼쪽 얼굴이
햇빛 드는 오른쪽 얼굴 보며 안도의 한숨을 쉰다

얼굴을 접는다
두 개의 얼굴이 네 개가 되는

귓속의 귀 열리고 입속의 입 겹친다

천천히 느리게 걸어가는 두 발과
가슴 두근거리며 허둥대는 두 발을
누가 묶어놓았나

사거리에 세워진 바람인형이 다시 넘어진다 다시 일어선다

밤이면 의문부호 같은 비가 지붕과 지붕을 덮어
한 명, 두 명, 세 명의 내 모습이 잠에서 깬다

얼굴과 얼굴 사이
아무도 모르게 잠시 파랗게 물드는 것은

또 다른 그림자를 가진 여러 겹의 얇은 옷
아침은 다시 시작되고 그 절반은 붉거나 푸를 것이다

# 바바리맨

바바리 한 번 펄럭이면
여자들이 비명을 지른다

누구의 통증인가 누구의 쾌감인가

바위 속에서 천 년을 살아
숨 막히는 물고기 화석의 바람(望)처럼
열려라 참깨!
외치지 않아도 스르르 열리는
바바리 속의 복화술
어머니도 여자라는 사실을 알고부터
평생 감추고 싶었던 비밀

꽃잎위에비내리는저녁
고양이걸음으로길을밟는다
홍등아래금세찍히는지문
가슴한쪽에서부터자신을파헤치는시간

살대부서지고뒤집힌우산같은
스스로에게서버림받은몸
넘쳐나는빗물속에서
헛헛, 헛웃음이젖는다

나는 무엇으로 만들어졌는가

완벽한 환상과 현실 사이에서
수시로 출몰하는 또 다른 나를 용서하지 마!
단단하고 단단해서 너무 강한
철갑옷 바바리 속의 나를
용서하지 마!
짓밟히고 짓이겨져야 웃을 수 있는 나를

# 잠깐

아침 햇살을 안고
소파에 앉아 책 읽는 사이

몇 년이 흘렀을까
커다란 새 그림자 한 마리 휙 날아든다

유리창을 넘고 경계를 허문다

접힌 날개 뾰족한 부리로
순간을 톡톡, 쪼기 시작하는데

처음으로 대면하는 나의 전생인 듯
가슴 서늘해져서
손바닥 위로 가만히 올려본다

텅 빈 집처럼 외로웠던
쿨룩거리는 기침 아래 사는
무릎 꺾인 꽃들과

헤매다 죽어가는 풀들이 천천히 고개를 든다

함부로 발설할 수 없는 비밀 같은 삶이
오래도록 읽지 못한 책과
방치된 탁자 위 물고기와 함께 밤낮을 끌어안는다

휘익,
바람 불어와
대답 없는 질문이 허공에 가득하도록

푸드덕, 책갈피 위로 날아든 새
깃털 펄럭이며
한 생을 이야기한다

# 무거운 숟가락

인터넷 모니터 속엔 수많은 내가 산다 하오 제1의 안효희는 죽었지 목사인 그는 이미 몇 달 전에 죽었다 하지 봉사 활동에 한평생을 보낸 그는 지금 천당으로 가 있다고 하지 그에게서 머리카락 몇 개를 얻어 일말의 양심을 분양받았지

제2의 안효희는 교사였지 나날이 아이들 속에 묻혀, 수백 가지 방식으로 어른이 되는 법을 가르쳤지 하지만 나는 어른이 되지 않는 법을 배우려 하였으나 끝내 실패만 거듭할 뿐이었지 다만 웃는 법을 배웠기에 아이들과 조금 친해질 수 있었지

제3의 안효희는 기업가였지 눈코 뜰 새 없이 바쁜 그는 이 모든 것이 가족을 위한 배려라 했지 하지만 끊임없이 새로운 방법을 연구 중이라 하니 기대해볼 만하지

제4의 안효희…… 제5의 안효희……

갖가지 방식으로 만들어진 제13의 안효희가 여기에 있지

가장 무능하고 무심하고 무른 안효희가 되어, 더 무른 제14의 안효희를 낳기 위해 지금 밥을 먹고 있지 그런데 이렇게 무거운 숟가락은 재질이 무엇인지 알 수가 없지

# 주렁주렁 물방울을 매달고 비구름이 지나가는 눈부신 안과

눈을 깜빡이는 동안 조리개 안에서 은밀히 일어나는 망막 출혈, 주렁주렁 물방울을 매달고 비구름이 지나간다

한 번 더 울면 피눈물이 날까…… 동공에 넣은 물약 한 방울로 스르르 열리는 내 안, 플래시를 바깥이 아닌 안으로 쏘여 봤니? 눈을 감을 수도, 뜰 수도 없는 첩첩산중 칠흑 같은 어둠이 소스라친다

한 번 더 울면 피눈물이 날까…… 동공이 열린 채 대낮의 거리로 내몰린다 빛에 의한 공포, 눈이 부신 통증! 막다른 골목 깊은 그늘에 들고서야 벽 속에 숨을 수 있다 부채를 든 마술사처럼, 비로소 앞에 있는 나를 본다 어둠 속에 거주하는 박쥐와 너구리

발을 다친 새가 날아간다 떨어지지 않으려 쉬지 않고 퍼덕인다 곧 날개마저 부러질 것을 알지 못하는, 여린 새가 지나가고 주렁주렁 물방울을 매달고 비구름이 천천히 너무 천천히 지나간다

# 독기(毒氣)

아랫배를 움켜쥔다 어지러움이 돈다 토해내는 순간 숨 죽여 있던 위장이, 식도가, 목젖이 살아 꿈틀거린다 혈관이 일어서며 긴긴날 막혀 있던 길을 연다 창문이 흔들릴 때마다 들리는 울음소리 내 귓속을 막고 있던 뿌리가 흔들리기 시작한다

내 안, 음습한 독버섯의
독기,
毒氣,
도끼,

모두 토해내고서야 감각을 잃은 시간들 비틀거리며 튀어나온다 어슬렁거리며 그림자 하나 걸어 나오고 그가 살던 침침한 방이 튀어나온다 밀폐된 공간 속에 갇혀 살던 푸른 대 하나 사시나무처럼 떤다 눈물 뚝뚝 흘린다

제2부

# 동굴 속의 동굴

오전이라 생각한 오후 한 시, 베란다를 통해 잠시 들어왔던 햇빛은 벌써 외출을 서두른다 유유히 사라져버린 곳을 향하여, 중얼거리는 나의 독백은 언제나 목이 쉰다 몸과 마음은 얼음 같은 그늘로 뒤덮이고 말아

빛은 바깥에 있고 그늘은 내 안에 있어, 유리창 밖 난간에 거미처럼 매달려 애원한다 동굴 속의 동굴, 은화식물 그늘진 잎사귀는 점점 넓어지고

저만치 힐끗 돌아보는 햇살, 아귀의 입속 같은 어둠을 툭 던져놓는다 농담 섞인 비웃음으로 이빨을 드러낸다 여물지 못한 것들이 온 힘을 다해 대를 세우고 뼈를 세운다 계속 웃자라는 민들레 노란 꽃대가 빈혈을 앓는다

# 꽃잎과 물고기

경덕진 마을* 불가마
열병을 견디지 못한 도자기들이
세상 밖으로 걸어 나오네

수백 명 티베트 신도들 오체투지하듯
가만히 나란히
길 위에 엎드리네

신의 능력을 물려받은 불도저
사뿐히 즈려밟고 간다네

수많은 접시는
목 잘린 꽃잎, 차라리 바람이 되고 싶은 꽃잎
언제부터인가 분화구(噴火口)가 되어가는 꽃잎

수많은 주전자는
조각 난 물고기, 마지막 비늘로 퍼덕이는 물고기
가끔은 걸인이 되고 싶은 물고기

관 속의 주검처럼 누워 둥둥 떠가는 하늘을 보네

앞으로 뒤로 구름이 천 번을 몸 바꾸는 사이
2,500°C 슬픔을 견딘 은백색 알루미늄들이

갈기갈기 찢어지는 몸, 자꾸 돋아나는 칼날을
포옹하네 꼬옥 껴안네
느린 수액처럼, 지울 수 없는 기억처럼

그렇게 다시 태어나는 생(生)

무엇을 깨뜨리면
다시 태어날 수 있을까!

\* 도자기로 유명한 중국의 마을 이름.

# 둥근 것이 가진 은밀한

어항이라는 행성이 있다
지구라는 행성이 있다

그곳에는 어떠한 규칙도 통하지 않는 방식으로
아기를 낳고
세 끼 식사를 위해 동분서주하는

유리창 밖 나날이 거대해지는 굴절된 우주
천억 개가 넘는 태양계와
천억 개가 넘는 은하가 움직인다
내 하얗고 야윈 두 발이 닿는 땅도 쉬지 않고 돌아간다지……

이탈리아 어느 도시에서는
물고기를 둥근 어항에 기르는 것을 금했다

수백 배 확대되거나 굴절되는 세상
둥근 것이 가진 은밀한 야성

한쪽이 거대해질수록 한쪽은 작고 초라해진다

가끔 하늘에서 내려주는
알 수 없는 손길에 목숨이 좌우되고
작은 흔들림에도 쓰나미에 휩쓸리듯 출렁출렁

거대한 흐름, 거대한 기운으로……

산소와 탄소와 물로 이루어진 물질이
흐르고 흘러와
여기
울기도 한다 미친 듯이 웃기도 한다

몇 개 희미한 불빛으로
저녁을 견디는
목숨들
높고 둥근 담벼락 아래에서 잠시 중력을 토한다

# 젖무덤

오래전 해 질 무렵, 여자는 나를 낳았고
나는 첫새벽에 그녀를 낳았다
이제 그녀가
구구구 울면서 아기를 낳았다

탐스러운 젖무덤 안에서
검은 젖꽃판을 천 번이나 맴돌았던
한 방울 한 방울의 진액
천 길을 내려 젖병에 담는다

갓난아기가 입을 벌려
안간힘으로 오물오물 빨아 먹고
남은 젖병을 열어 성배를 마시듯

딸의 젖을 어미인 내가 마신다

하얗고 따듯하고 밍밍하고, 아득하다
……

흐르고 흐른다

혀를 지나 식도를 거쳐

어미이면서 딸이면서 동시에 여자인 피가

혈관을 따라 돌고 돌아 섞인다


땅과 하늘과 바다에 기록되는

또 한 명의 말 없는 어미가

무덤을 열어 젖을 물린다


하얗고 따듯하고 밍밍하고, 아득한

# 수백 마리의 나비

아이가 둥둥 날아다니며
풍선을 가지고 논다

풍선은 왜 점점 작아지는 거예요?

수백 마리 나비와 함께
가득한 너의 꿈이 둥둥 떠다니는 거란다
네가 잠든 사이
몇 마리가 바깥으로 훨훨 날아갔을까

누군가의 꿈도 그렇게 날아가겠지

어머니는 어머니의 나라로 가고
나는 나의 나라로 간다
얼마나 가까운 황혼과, 먼 노을이 있는 곳인가

공원에 파는 번데기 또한 수백 마리의 나비
밤마다 꿈의 한가운데에서 부활한다

바위틈에 뿌리 내린 소나무가
벼랑 위 나비처럼 날개 퍼덕이는 비상을 꿈꾸는데

시들지 않고 살 수 있을까!

점점 작아지는 풍선을 들고
바코드가 새겨진 사람들 하나둘 공기 중으로 사라진다

풍선이 *"표면에 있는 작은 틈을 통하여*
*기체를 이루는 입자들이 공기 중으로 빠져나가"* 듯

# 괜찮아

죽은 별을 바라보다가
죽은 생선을 요리한다

핏물 번지는 물고기 뱃속에 든
더 작은 물고기

누가 보낸 비밀의 문자인가

시간의 지느러미를 따라 여름은 가고
길고 메마른 시간 위 매미가 마지막 하늘을 깨운다

자고
일어나면

떨어지는 다섯 시
떨어지는 여섯 시
떨어지는 시간을 쓸어내느라 등이 휜다

석유 냄새 나는 꽃을 짓밟으며
폐타이어를 실은 트럭이 지나간다

구멍 난 무덤인가 무덤 속의 구멍인가

태어나면서부터 이별은 시작되고
죽은 것들은 모두 바다로 가서 재회한다

죽은 생선을 바라보다가
죽은 별을 요리한다

# 냉장고

냉장고가 냉기를 두려워하기 시작할 때
벽과 내통하는 코드를 뽑는다

코드가 뽑히는 순간
살아 있음을 증명하던 갖가지 신음이
뚝! 정전처럼 사라지면
죽음이 몇 번 마지막 숨을 쉰다

긴장 없이 활짝 열리는 문
눈이 부시도록 마주하는 세상의 빛
얼고 얼었던 숨통이 트이며
그동안의 인내와 알 수 없는 고뇌가
녹으면서 줄줄 흐르는 물길을 낸다

썩어버린 사과가
내장처럼 물컹 쏟아져 나오고
정지되었던 무지개떡 오색 꿈이
조금씩 해동되기 시작한다

수없이 들랑거리던 누군가의 손가락이
깡깡 언 슬픔을 덜어낸다

배추김치, 무김치가 세상 밖에서 부글부글
끓어오르는 육체를 맛보는 동안

늙은 시계가 드디어 작동하기 시작한다

잠시 냉장고였던 몸
느린 동작으로 새로운 세계를 맞이한다

알 수 없는 감격, 흐르는 눈물

# 거대한 입

소문도 없이 시간이 무너지면서
거대한 입들이 놀이동산을 먹었다

청룡열차의 함성을 삼키고 그곳에 살던 난쟁이와 마녀도
떠났다 지상으로 끌려 내려온 하늘 자전거의 부푼 동그라미
를 뜯어 먹었다 비 오는 젖은 밤이 찾아와 킥킥거리며 폐허를
고르고 흔적을 걷어냈다 소풍이라는 말은 뿔뿔이 흩어졌다

누가 살았는지,
누가 울었는지 아무도 궁금하지 않다

철거를 알리는 플래카드 아래,
무너지고 무너져도 고양이는 자꾸 새끼를 낳았다

그곳의 시계는 언제나 오후 여섯 시

땅에 떨어진 시간의 두개골을 밟으며 사람들은 지나가고
자동차는 클랙슨을 울리며 달렸다 지지대를 세운 가로수가

창을 든 병사처럼 우뚝우뚝 서서, 사방으로 눈을 부라렸다

별이 아닌 것들이 별처럼 사라졌다
보도블록 사이 잡풀들이 혀를 내밀어 무너진 시간을 핥아
주었다

# 무연고(無緣故) 슬픔

만국기 잠시 펄럭이다 만
유엔 묘지
이미 소식 끊긴 지 오래
80%가 무연고 묘지라는데……

작은 새 한 마리
'정숙(靜淑)'이라는 팻말 위에 앉았다

숲 사이로 어김없이 환한 해가 뜨면
무덤은 서둘러 둥근 창을 연다
여기저기 들썩이는 잠들지 못한 꿈들

꽃이 새보다 먼저 퍼덕이고
새가 꽃보다 먼저 활짝 웃는다

누적된 밤을 떨친 병사들
햇살을 따라 뚜벅뚜벅 걸어 나온다

아들과 아버지, 그 아버지의 아버지
손과 손 마주 잡은 춤의 행렬

# 로또 아이스크림

느닷없이
기이하고 달콤한 숫자를 만나고 싶었다

화살을 쏘는 짧은 순간
교차하는 수만 가지 짜릿한 행복

순간의 선택에 생을 걸면 왜 안 되는 걸까

로또 뒷면에
유서를 쓰고 죽은 사내

자살인가 자연사인가

냉장고 속의 갖가지 아이스크림
부라보 설레임 투게더 러브미 베리굿 아맛나 캔디바……

그것들이 혀끝에서 살살 녹기를 바라며
이루어지지 않는 꿈을 나누어 먹었다

같은 DNA를 가진

수면제와 술병이 뒹굴고


같은 유전인자를 지닌

로또와 아이스크림이 녹아 뒹구는

# 유언

2012년 11월
달력은 더 이상 뒤로 넘어가지 못했다

거미줄로 뒤덮인
보일러실에서 발견된 유골

죽어서도 죽지 못한 6년은
신음처럼 내뱉은 가늘고 긴 고백이다

벽에 걸린 사진과 그가 누웠던 이불
멈춘 시계와 지갑을 꽁꽁 묶은 것은

그의 입에서부터 시작된
거미줄,
그것이 증거다

온몸으로 작성된 마지막 언어
두 팔을 올린 Y자 나뭇가지를 닮았다

그를 찾지 않는 가족과 이웃은
오래된 타인처럼 신문을 읽을 뿐

냄새도 없고 추깃물도 없는
아침과 저녁이 또 한 번 지나간다

사람, 그 너머엔 무엇이 있나?
고독이
거미줄처럼 곳곳에 방치되었다

# 떠나가는 얼굴들

강원도 태백시 통리역은 폐역이 되었다
레일바이크를 타고 통과하는 열두 개 터널
빛과 어둠이 무한 질주한다

협곡을 지나 블랙홀을 통과하면
그리운 얼굴 만날 수 있을까

초대장을 받고 달려가 두리번거리지만
국화 송이에 둘러싸인 사진 한 장뿐
처음 보는 사람들에게 그의 안부를 묻는다

죽은 시간이 고해성사 같은 눈빛으로
방금 다녀갔다 한다

주인 없는 집에 들어간 게 분명한데
그가 차려놓은 시래깃국과 돼지 수육을 먹고 일어선다

부르는 소리, 뒤돌아보면

그가 문 밖까지 나와 손 흔들어, 다시 흔들어


어느새 어둠, 어느새 바람, 빛이다, 환상이다 환생이다

시(詩)다 시인(詩人)이다 신(神)이다 신출귀몰(神出鬼沒)

이다


그 속에 그가 숨어 있겠지……

# 곡(哭), 혹은 울음

죽은 나무도 바람이 불면 흔들린다

늦은 점심으로
라면 한 개 끓여 먹는 오후
누구도 만나지 않는 그늘이었다

따르릉! 전화기가 울었다
부글부글 라면 국물 끓어오르고
쇠젓가락으로 적막을 휘휘 젓고 있던 그때

지구 한쪽 귀퉁이에서
벌레처럼 꿈틀거리던 한 남자가 죽었다 한다

생의 절반을 병마와 싸우다
내부와 외부를 밝히던 불빛이 꺼지면서
이제야 고통으로부터 놓여났다 한다

한 생의 주체는 말없이 사라지고

또 하나의 육체는

영혼으로부터 천천히 버림받았다 한다


검은 옷을 입고 장례식장에 가야겠구나……

귓가에는 벌써 활활 타오르는 불 바깥에서 울음이 들려오
는데


멀고 먼 친척의 부음으로는

쉽게 눈물 나지 않는 거라 스스로를 위로하며

죽은 자 입속에 넣어주는 마지막 의식처럼

퉁퉁 불은 라면을 마저 먹는다


울지 못하는 불구의 나를 향해

전화벨 소리가 자꾸 운다 따르릉 따르릉 따르르으응


공중으로 흩어지는 비문(碑文)

# 검은 우산이 필요해

26세, 자신의 죽음을 요절이 아니라고 한 이상

떨어진 낙엽 한 잎

천 년을 술렁거리는 우물

장미와 도라지가 낳은 파란 불륜

나날이 인조 그늘을 쪼아대는 비둘기

성당 옆에 있는 사창가

키스하지 마세요

유서를 보내지 마세요

동해남부선 열차가 하루에도 몇 번씩 통과하는 집

하늘에서 자꾸 떨어지는 물고기

로스트의 방, 베이컨이 뭉그러뜨린 육체, 뭉크의 절규

사형집행과 자살과 안락사와 식물인간

검은 우산이 필요해요

# 무심한 당신

어느 유명 작가는 죽기 전
50년 후에 부활할 것을 계획했다

혈액 속에 응고방지제를 주입하고
심장 압박을 가해 순환시키는
인체 냉동 수술을 했다

에베레스트 산허리,
몇십 년 동안 눈 속에 자신을 냉동시킨 사내처럼……

살은 썩지 않고 머리는 더 단단히 냉동된 채
유통기한이 적힌 송장(送狀) 같은 이름표 하나 얻었다

배낭에 꽂혀 혼자 나부끼는 깃발
산 자가 아닌 죽은 자를 위한 지표가 되어
흔들리는 세 번째 팔이 되었다

삶과 죽음의 틈새에 화살처럼 꽂혔다

사람이 동상(銅像)보다

더 단단해질 수 있다는 걸 보여주듯

어떠한 차가움에도 소리치지 않는

열 개의 발가락 열 개의 손가락에


조물주는 새로운 지문을 만들 것이다


무심한 당신이 눈 쌓인 벼랑 위

발자국 소리를 내며 사각사각 스쳐갔다


오래도록 기억해달라는


그들의 말을

들었는지, 듣지 못했는지


스스로에게 차가운 작별 인사를 고하는 아픈 사람이여

# 마른 꽃

빳빳하게 선 채 말라서 죽을 뿐, 꽃병의 꽃들은 함부로 시들지 않는다 식탁 위 간장도 단단하게 굳고, 먹다 남긴 토스트 조각 또한 만지자마자 부스러질 뿐, 시드는 것이 아니라 말라가는 것, 말라가며 천천히 부서져가는 것

가습기를 튼다 하얀 수증기 곁에서 커다랗게 입을 벌린다 풀무질로 이불 홑청을 펴듯 꽈리처럼 오그려 붙은 내 몸, 몇 개의 주름이 펴진다 부스러지지 않는 진동기의 떨림, 부스러지지 않는 떨림을 생각한다

모서리마다 각이 진 목관(木棺) 하나 윗집에서 내려온다 관이 흔들릴 때마다 펄럭이는 생전의 붉은 치마, 엷은 바람에 너울너울 부스러진다 박제되는 삶, 소리도 없이 혼자 피는 마른 꽃

제3부

# 요거트 감정

슈퍼에 가서 새콤달콤 요거트를 장바구니에 담아 오지 하나하나 사랑스럽게 냉장고에 넣어두지 넣어두면 그만 이별이지 나도 모르는 요거트의 시간은 하염없이 흐르지 냉장고 문을 열다 눈이 마주치면 못 본 척 닫아버리지 내가 버린 시간, 내가 숨 쉬지 않는 시간이 흘러가겠지 수십 개의 아픔이 수백 개의 지루함이 뒤섞이겠지 먼 여행을 다녀오면 저절로 떨어진 백일홍 잎사귀들이 다시 화요일이라고 말하지 그제야 냉장고에서 꺼내어 어색하고 미안하게 인사하지 바닥에 실금처럼 머리카락이 굴러다니는 오후, 함께 목욕을 가지 그리곤 하얀 범벅을 만들어 머리에 문지르지 히히 이상한 눈물이 나지 내가 만든 또 하나의 감정, 요거트 애인

# 너무 짧거나 긴 하루

어린 왕자의 시간 오후 네 시가 지나면
다시
세 시를 기다리는
너무 짧거나 너무 긴 하루의 연속

목이 꺾이는 장미꽃처럼
떨어지는 것은 모두
죽음 쪽으로 간다는 사실이
가슴 한쪽에서부터 다시 나를 죽인다

한 번도 맨발로 걸어보지 못한
사내가 사막을 향해 걸어간다

집집마다 놀란 어둠이 활활 켜지고
고양이가 빛보다 빠르게 담장을 넘어갈 때

네 시가 지나면
다시

세 시를 기다리는
지구의 사막 위에 팔베개를 하고 눕는다


세상 속으로 들어가는 신호등
붉은빛과 푸른빛이
건너편
24시 편의점으로 들어간다


장미꽃이 피고, 해가 지고, 별이 뜨는, 사막이 있는 나라
바오밥나무와 모자 속에 코끼리가 사는

# 거위의 달

대공원 저수지에는 거위 가족이 산다
세 마리인 그 가족은
모두가 암컷이거나,
두 마리가 암컷이거나, 한 마리가 암컷이거나……

불균형이며
부조리한 조합이지만
거위의 세상에선 평범한 일
가끔, 어쩌다, 드물게
두 마리만 떠다닐 때 휘익 둘러보는

그곳에 달이 떴다

한 마리가 수면 위 움막에 앉아
알을 품는다
따뜻해지는 달, 꿈틀거리는 달, 말랑말랑해지는 달……

이사 온 지 3년

울새와 지렁이와 관념과 어떤 비와

매일 산책을 다녔지만

새끼를 본 적이 없다


초록빛 산과 더 짙은 초록빛 저수지 물이

품고 보듬어 끌어안은 것은

모두가 암컷이거나,

두 마리가 암컷이거나, 한 마리가 암컷이거나……


그들의 비밀


밤마다 저수지에 떠오르는

세 개의 달과 열일곱 개의 언덕을 그릴 수 있다

# 잘 있어!

그날은 무더운 여름이었고
아무도 없는 집에 내린 소나기였지

하이든을 들으며 꽃을 보던 식탁
깨어서 꿈을 꾸는 침실이었던 곳을
떠난다 집시였던가

날개 없이 왔다가 날개 없이 떠나는
장롱과 냉장고를
품 넓은 담요로 둘둘 말아 눈을 가린다

마룻바닥 모서리에 찍힌 얼굴은
인사인 듯 남겨두고
버려야 떠날 수 있는 유목민처럼
침대 위 낡은 잠을 버리고 식탁의 낡은 네 귀퉁이를 버린다

밤이면 다가오던 천장
수없이 닫았던 현관문과 대문을 열어놓고

구두 몇 켤레 발걸음과
거실에 기웃거리던 햇살을 남겨놓고

엘리베이터 속 거울에게 눈 흘기는
말 없는 배신, 말 없는 배반……

일일이 손 잡아주지 못한 채
뒤돌아보며
잘 있어!
다시는 돌아오지 않을게!

# 집은 한 뼘도 걸어가지 않는다

사람들은 이제 집을 지키지 않는다

아침이면 각자의 바깥을 향하여 뛴다 빈집, 어쩌다 신문 배
달원이 벨이라도 누르면 살아 있는 모든 것 눈을 부릅뜨고 뛰
어나간다

현관 벽에 서 있던 달마대사, 액자 속에서 갈기 휘날리던 백
말이 발길질한다 엎어둔 그릇, 던져진 책 갖가지 언어와 함성
이 바깥을 노려보며 대응한다

서둘러 떠났다 늦게 도착한 집, 현관문 비밀번호를 누르고
천천히 불을 켜면 집은 단 한 뼘도 걸어가지 않았다 벗어둔
옷, 구석에 스며든 어둠까지,  아무도 들일 수 없는 집, 이제야
죽은 듯 잠시 쉰다

잎이 없는 나무가 나른한 기지개를 한다 나무는 벽에게 벽
은 탁자에게 탁자는 어항의 물고기에게 눈빛을 나누는, 집은

온전히 집의 몫이다

나는 그들의 밤을 돌보는 유령일 뿐

# 외면 금지 구역

당신이 달콤한 팥빵을 먹고 있던
그때 나의 세상은 삼 개월이 전부였어요
아니 세 살이거나
일곱 살이었어요

겨울은 길고 추워서
봄의 강물처럼 흐를 줄을 몰랐어요

당신이 찻집에서 차를 마시고 있을 때
굶주린 채로
발가벗긴 채로

화장실에 버려져
온몸 뻣뻣해졌어요

밝고 따뜻한 햇살이 몇 번
나의 빈방에서 놀고 있을 때

엄마와 아빠는
선물처럼 곱게 포장한 나를
뒷산에 묻었어요 얌전히

누군가 여유롭게 산책로를 걷고 있었지요

나뭇가지가 툭툭 부러지고
바람에 나뭇잎이 자꾸 떨어졌어요

하루도 쉬지 않고 비가 내려요
내가 부르는 친구들 이름도 함께 젖어요

이제부터는 푹 쉬는 거야
오늘도 내일도 일요일
언제나 가족끼리 여유로운 일요일

# 햇살

불국사 3층 석가탑
해체되어 지상으로 내려오셨다

"보륜2 동" "보륜3 서"라는
낯선 이름으로 좌정하셨다

신라 경덕왕 10년의
바위틈 소나무에 꽃 피는 긴 사경을 시작하셨다

팔방금강좌에 수많은 해가 뜨고
가는 듯 오는 듯 물결 따라 흐르는 배처럼
알 수 없는 시간이 흘렀다

사천왕이 커다란 말을 건네고
목어와 자하문의 용두도 펄럭이며 다가왔다

침묵은 바라볼수록 깊어져
닫힌 문 빗장이 흔들거렸다

보주가 파손되고
우주의 균열로 손짓 어눌했지만

해가 뜨면 씨앗을 뿌리고
열매가 맺히면 거두어들이듯

사라지는 시간의 말과 이끼 낀 말이
무구정광대다라니경처럼 가슴에 박혔다

꽃무늬 새겨진 앙화와 복발에
흐르지 않는 시간, 햇살이 비쳤다

# 달빛 아래

우포에 밤이 왔어

푸드덕 물의 냄새, 새처럼 날았지

두 팔을 벌려, 가시가 없는 밤의 한가운데를 안았어

둥둥 보름달

바지랑대에 실을 매달아 꿰었지

졸졸 따라오는, 휘휘 흔들리는 저 환한······

# I park

명륜동 새로 지은 아파트 아이파크, 술술 잘 풀리는 휴지를
사 들고 집알이 갔다 어릴 적 내가 살던 곳이다 발걸음이 떨
어지지 않는 곳이다 흑백의 기와집, 사각의 공동 우물, 동그
랗고 네모난 그 여름은 이제 사라졌다 죽었다 여덟 시가 통금
이었던 대문 앞 긴 그림자 희미한 불빛을 밀어내고 긁어내고
파헤쳐서 일으킨 것은

번쩍이는 오벨리스크,

작은 노인이 꿈틀꿈틀 걸어간다 움켜쥔 종잇조각에서 꾸불
꾸불 숫자들이 종이 바깥으로 기어 나온다 비밀의 문에 들어
서기 위해선 비밀의 문자가 적힌 암호가 필요하다 달처럼 둥
근 곡선이 직선으로 바뀌고 너무 빨리 죽어서 너무 빨리 태어
나는 곳 새롭게 건설된 나의 생가에, 새롭게 탄생하는 또 다
른 누군가의 생가,

이곳은 아이파크 이곳이 아이파크

# 연잎

뙤약볕 아래
소류지 연잎 한 장 잘라 왔다

얼마만큼 나를 가릴 수 있을까 머리에도 올려보고
무슨 소리 있을까 귀에도 대어보고

이걸로 무얼 할까?
하는 사이

연잎!
그 싱싱함은 사라지고
늙은 뱃가죽처럼 쭈글쭈글

뙤약볕 없는 집 안에서 죽어가는
그의 시간은 너무 짧고
바라보는 나의 시간은 너무 길다

애타게 기우는 목숨

쨍쨍 8월 늦더위

# 빈 널판

2월이 정박 중인 바닷가

바람에 너덜거리는 빈 널판이 있다 온몸

얼었다 녹았다 북어의 기억과 오징어의 기억을 가진

앙상한 뼈가 되었다

그 어떤 비린내와 망설임도 없는 홀몸

비스듬한 빗금이 생기고 비탈이 생긴다

충돌과 충동 사이, 벼랑과 바람 사이

새벽이면 네모난 죽은 별들이 내려와 앉는다

무너지고 무너지는 더 많은 구름과 함께

또 하나의 신념이 해 뜨는 동쪽으로 선다

천 년의 시간이면 돌도 부처가 되듯

침묵이 숲처럼 우거지면

얼키설키 판자로 묶인 빈 널판에도

미끌미끌 비린 지느러미가 자란다

# 비는 내리고

내리는 비에 몸이 젖으면 외투보다 먼저 마음이 젖는다

촉촉이 젖은 그의 무덤이 열리고 젖은 내 가슴의 빗장뼈가 열린다 가슴속으로 들어와 점점 자라는 그는 양수 속의 태아처럼 툭툭 발길질한다

비는 내리고 내리는 비에 빗장뼈가 열린다 몸은 점점 무거워 더 이상 주체하지 못한다 바람에 휘청거리다 식빵 같은 그를 조금씩 떼어 먹는다 내리는 비에 통통 불은 빵으로 배가 불러온다 먹고 먹히는 관계보다 더 정다운 것은 없다

비는 내리고 내리는 비에 마음이 젖으면 물먹은 신문지처럼 북북 찢어진다 찢어진 것들을 담아내는 심장의 푸른 바다은 너무 얕아 금세 넘친다 좁은 물고랑은 길이 되지 못하고 철벅거린다 비는 내리고 내리는 비에 다시 비가 젖는다 젖어서 간다 젖어서 걸어간다

# 기면(嗜眠)

장미 한 송이 입에 넣는다 입가에 붉은 강이 흐른다 한 줄기 강물을 비튼다 뛰어나오는 은어 등줄기에서 쏟아지는 하얀 빛, 허벅지를 쿡쿡 찌른다 어떠한 응답도 보낼 수 없는 시린 눈빛 등나무 의자를 흔든다 요람에서부터 공처럼 몸을 말았던 수많은 의자가 흔들린다

자명종 시계가 혼자 울린다 태엽에 감긴 인형처럼 천천히 몸을 움직인다 시곗바늘을 따라가는 긴 침묵에도 숨소리가 들린다 열꽃이 핀다 벽에 걸린 액자가 떨어지고 유리가 깨어진다 두 개의 달이 어둠을 지킨다

며칠째 식도에 걸려 있는 울음, 며칠째 빨랫줄에 걸린 외투가 펄럭인다 내가 누구인지 말할 수 있는 사람이 있을까 뻐꾸기는 시간을 헤치고 나와 제 이름을 부른다 나는 석간을 펼친다 석유 냄새를 풍기며 푸드득 새가 날아간다 맨발로 건너야할 저 숲이 너무 멀다

# 바람의 혀

에릭티온* 신전을 휘감는 저 바람 속에 혀가 있어요

솜털 같은 바람 속의 혀는 신전을 쓰윽 훑고 지나가지요 신전 앞에 서 있는 나도 꿀꺽 침을 삼켜요 휘익, 바람의 행렬을 따라가요 바람이 내민 긴 혀는 모자가 걸린 올리브나무에게로 가요 그러면 나뭇가지도 얌전히 모자를 벗고 성호를 긋지요 커다란 새가 날개를 퍼덕여요 조금조금 혀를 내밀어 노래를 풀어놓지요 햇살이 닿는 곳과 닿지 않는 곳, 그늘 속에 돌아앉은 돌멩이까지, 말랑말랑 너무 긴 혀들이 하염없이 앉은 나를 지나가요 나를 지나서 들풀을 스치며 간지럼을 태워요 온몸으로 신전을 떠받치는 소녀상들 치마가 펄럭이고 귓불이 붉어져요 부끄러운 듯 간지러운 듯 미소 짓는 걸요

* 아테네에 BC 420~406년에 지어진 이오니아 양식의 작은 신전. 6개의 소녀상 기둥으로 유명하다.

# 말을 내뱉는 거미

말을 내뱉는 거미가 있다

몸뚱이를 얽어매는 사슬, 음해(陰害)하는 눈빛, 찌르기 위해 도사리는 것은 거미의 엄니다 간혹 흘러내리는 연민 몇 그램과 진실 몇 가닥이 끼어 있다 해도 움직일수록 자신을 에워싸는 끈끈이, 결국은 되돌아오는 회전문이다 자신을 향해 휘어지는 가시다 바람이 아침마다 창문을 열어 제쳐도 누구 한 사람 돌아오지 않는다 한 움큼이나 빠진 머리카락 같은 절망으로 다시 문을 잠근다 저마다 집을 갖는 말 속엔 뼈가 살고 뱀처럼 엎드린 위선, 흰 띠가 산다 뜰 앞엔 가시나무 근심이 하얗다 붉은 싹이 살을 뚫고 솟아오른다 언제나 돌고 있는 회전문 앞에서 헛꿈을 꾸는 주둥이를 꿰맨다.

제4부

# 떨어지는……


해 질 무렵, 혼자 걷는다 하늘이 보이지 않는다 땅이 보이지 않는다 그곳에 떨어진 벚꽃 하얀 꽃잎들 시위하듯 바닥에 드러누웠다 누가 슬리퍼를 신고 나왔나! 영변의 약산 진달래, 님이 아닌 누가 즈려밟았나! 소의 눈망울처럼 타고난 슬픈 DNA들, 피었다 지는 목숨이 가진 시간의 긴 통로들……


떨어지기 이전 말할 수 없는 통증을 따라간다 기린처럼 목이 긴 숨결들, 바람이 칼을 휘두른다 시간이 또 한 번 휘두른다 날것에 베인 채 뼈 조각이 떨어지고 또 하루가 잘려나간다


하르르!
결국 하수구 시궁창에서
마지막 모습을 드러내는 익명들
추락하는 것들이 대지를 감싼다

# 시간의 화살

언제나처럼 기차가 다시 길을 떠나자
여자가 울먹이기 시작한다

기차는 서서히 속력이 붙고
창밖 풍경은 단거리 선수처럼 달리기 시작하는데

하얀 모자를 쓴 머리와
주홍빛 구두를 신은 퉁퉁 부은 발이
잠시 헤매는 사이
순행과 역행, 얼굴이 바뀌기 시작하는데

구름처럼 새들처럼
스쳐 지나간 과거의 날들이
역행하여 천천히 영상처럼 펼쳐지는데

점점 더 멀어지는 시간들을 뒤돌아보며
포기할 수밖에 없는 가속에 지친 몸을 기대는데

울음을 참으며 둘러보아도

되돌릴 수 없는

떠나버린 기차는 멈추지 않는데


온통 타인만이 가득한 곳

홀로 두리번거리는 삶

천 번쯤 기도하면 탈출이 가능할까!

# 스무 살 정희


오후 세 시에서
보수동까지
81번 버스에 앉아 시간을 바라보고 있다


옆자리에 앉는 노인
가쁜 숨을 고르며 가방을 연다
부스럭거리며 드러난 약봉지 하나
비밀을 열듯 은밀히 들여다본다


이 약을 먹으면 나을 수 있겠지!


그때 보았다
겉봉투에 적힌 정희라는 이름
칠십이 넘은 노인의 이름이
옥이도 아니고 분이도 아닌
정희……


잠깐 사이

노인은 주섬주섬 봉투를 접어 넣어버린다
목을 내밀어 가자미 곁눈질을 했지만
성씨를 보지 못했다


아! 열여덟 상큼한 문정희~ 였을까
스무 살 긴 머리 서정희~ 였을까


노인은 황급히 초량역에 내리고
내 옆엔 정희~~~ 라 부르던
젊은 날의 어여쁜
처녀가 오래도록 앉아 머리를 땋고 있었다

# 그녀들의 비상 대책

비빔냉면 세 그릇 주문했어

폭염을 피해 비밀 정원 벤치에 앉아
기다림을 위한 준비 작업을 했어
화장을 고치고 지구본 펼쳤지

해물 요리 마짱꼴레와
스위스의 미트 퐁뒤 떠올리며 한 바퀴 휭 돌았어

고도를 기다리듯 장소와 시간이 오랫동안 서성거렸지

칠 벗겨진
파란색 대문 뚫어지게 바라보았어

고도의 전령(傳令)이 왔지
흑고양이 한 마리!

이글거리는 눈빛으로

느린 마당을 가로질렀어

누군가의 배고픔이
누군가의 배부름이라면 참고 견딜 수 있었을까?

최초의 시간으로부터 두 시간 삼십 분의 소통과 불통
열무김치에 고추장 비벼 때늦은 요기를 했어

딩동딩동~~~

우리는 약속이나 한 듯
마지막 남은 폐가처럼 조용히 엎드렸지

# 창문이 없는 방

미용실에 있는 작은 방에 살아요

일어나면 종일 가위손을 휘두르고
냄새 나는 중화제를 발라요

벽에 걸린 거울 속에선
어젯밤 꿈이 뱀처럼 혀를 내밀어요

공기가 없는 방에서
마술 피리도 없이 춤추는 머리카락

테니스장 그물 담장에 붙어 구경하다가 테니스 선수가 되
었어요

미술 대회에서 입상을 하고는 국문학과를 졸업했지요

"아주 먼 옛날 바닷가 어느 왕국……"
애너벨리를 노래하다가,

우연히 본 판타지 영화
우주인에게 반해 분장사가 되었어요

신이라도 된 듯
얼굴을 그리고 붙였지만 영혼을 불어 넣을 수는 없었어요

책상에 앉아 또 하얗게 밤을 보내요
손톱 밑에 박힌 검은 가시가
밤새도록 내 심장에 톡톡 노크를 해요

어둡고 긴 터널은 끝이 없고
불빛은 점점 멀어져 바람만 남아요

손가락을 잘라요 손목을 잘라요

# 흐린 날의 건널목

사람들은 이미
불빛 너머 저쪽으로 다 건너갔다

24시 편의점에서 나왔을 때
비에 젖은 라일락꽃 떨어지기 시작하는데
뛰어가면 건널 것인가

마지막 몇 개의 파란 불빛을 넘어
서두르면 닿을 것인가
나의 동쪽,

수많은 발자국 소리를 가진 저 불빛 속으로
봄이 가고 여름이 오는데
불빛은 방향도 없이 사라져가고
머리카락은 혼신의 힘으로 날아가는데

저기 걸어가는 사람, 걸어오는 사람

또 한 계절이 모퉁이를 돌아서 가는데
뿌리 없는 슬픔이 보도블록을 밟으며 가는데


흐린 날의 건널목
건너지 못하는 강을 쳐다보는 말(馬)처럼
순간 속에서 바라보는


건너편 저 넓은 세상

# 독백

깊은 산자락 절집 뒷마당

기와 한 조각이 지상으로 내려앉았다

추락과 동시에 분리되고

분리와 동시에 다시 결합된 시간들

개똥쑥처럼 삶의 방식을 바꾸었다

구름이 방향과 속도를 가늠하고

처마 밑 수은등 빛으로 모여든 벌레들의 용기로

자리를 옮긴 독백은 성큼성큼

저 건너편 세상 아틀라스 산맥을 향하듯 걸어갔다

죽은 나무가 말라가는 고독과

골짜기가 젖는 우울과

구름에 가려진 밤과 낮이 함께 따라갔다

살아 있다면 뭔가 해야 하듯

길이 있다면 길을 떠나야 한다는

그래서 더 선명하게 보이는 독백

두 귀와 두 눈

바람에 날리는 수백 개의 머리카락으로

나는 들었다

쓸쓸함과 외로움을 견디게 하는

언제나 독백

다시 긴 밤 내내 옆구리가 아프다

# 중독

검은 커튼을 치고
TV 홈쇼핑, 인터넷 쇼핑
묻지도 따지지도 않는
그녀의 클릭, 클릭
45° 구부러진 손가락이
유일한 외부와의 소통
초인종을 세 번 누르는 남자는
택배!
그리고 택배!
무감각으로 먹어치우는
옷과 이불, 의자와 냉장고, 유리 그릇과 냄비……
외출은 절대 사절
육중한 현관문은 잠시 열렸다 닫힐 뿐
상자들로 가득한
그녀의 공간,
어제와 오늘이 한 치의 오차도 없다
다만 흐르지 않는 시간들
독신주의가 아니에요!

신비주의 전략이 아니에요!

저절로 이루어진 초현실주의

지극히 충실한 삶이라 주장하는

출입 금지 구역

보호 통제 구역

# 오늘의 특선

태양의 주기에 따라 상하 이동하는
북극의 플랑크톤이 있는가 하면

튀김냄비 속에서
격렬하고 우아하게 춤추는 통닭이 있다

침샘을 자극하는 입맛의 세계
카메라 렌즈 속에서 줌으로 확대된다

목젖 보이고
그 아래 위장 속 어둠 보일 때까지
크게 더 크게 입 벌려 욱여넣는다

먹이를 찾아 이동하는 플랑크톤이
달빛에 홀린 것이라면

숟가락 가득한 욕망의 부피는
박수와 환호를 받으며 행복으로 변신한다

커다란 입

비대한 몸에 땀이 솟는다

어떠한 말로도 표현할 수 없는 것들

부르르 떤다


아~~ 맛있어

침 삼키며, 두 손 모으며 중독되어가는 혓바닥


배는 점점 불러오고

꼭 그만큼 예고된 불안을 동반하는


그렇지, 더 짜릿한 오늘의 특선!

# 끈이 가진 자유 혹은 사유

한때 자루를 묶는 일에,
흩어져 있는 신문지를 묶는 일에
쾌감을 느낀 적 있다
헐겁게 풀려 있는 너를
꽁꽁 묶는
치명적인 가학으로 쾌감을 발견한 적 있다

잔디 보호 구역에 둘러쳐진 초록의 안과 밖,
경계를 지키는 시작과 끝 너머
생애를 건 텅 빈 잔디밭 아래
쇠기둥에 못 박힌 시간 위를 걸어간다

겉은 겉이어서 어둡고
안은 안이어서 어두운
스스로를 베는 칼날

아무것에도 소용되지 않는
무기력,

무의미,

천하의 무용지물 상태가

가장 큰 자유 혹은 사유

둥글게 퍼지르고 앉은 상태를 지극히 옹호하면서
발견하는 위로, 발견하는 뱀

# 일어나세요

아침이에요
왼쪽 귀에서 알람이 속삭인다

넥타이로 질끈 목을 묶고
허둥지둥 뛰어서 출근하고 싶은 사내

자신도 모르게 벌떡 일어나
몽유병자처럼 뚜벅뚜벅 걸어서
새벽 다섯 시 TV 속으로 들어간다

더 이상 전화벨은 울리지 않고
식사는 예전처럼 달콤하지 않다

수많은 길은 TV 속으로 방향을 튼다
끝없이 펼쳐진 초원 속으로……
초베 강가, 동물들의 천국을 지나
남아프리카 최남단 희망봉으로 길을 연다

가끔은 터널 같은 잠에 빠져들고 싶지만
일어나세요! 라는 명령이
왼쪽 귀에서 오른쪽 귀로 통과한다
로봇처럼 일어나
타임머신을 타고 공간 이동하는
그가 지금 어디에 있는지 아무도 모른다


앉아 있으나 앉아 있지 않는 그에게
웃고 있으나 웃지 않는 목소리가
오늘도 속삭인다
일어나세요 일어나지 마세요

# 시를 지우는 밤

10월의 마지막 밤
고대 켈트족은 죽은 영혼이 돌아온다고 믿었다

밤새 책상에 앉아, 시를 쓰다 엎드려 있었다
어둠이 낙인처럼 이마에 발자국을 남기고 가는 밤

돌아온 영혼이 책상 위에 앉아
내가 쓴 시를 쓱쓱 지우고 있다
내 얼굴을 지우고 내 팔을 지웠다

묶인 깃발처럼 펄럭거릴 뿐
꼼짝할 수 없는 나
지워져버린 얼굴을 찾아 두리번거렸다

바람이 나무 의자 위에서 삐걱거렸다
삐걱거리는 것은 모두 틈에서 시작되었고
틈을 비집고 나온 꽃은 목 놓아 우는 소리를 가졌다

꿈이 아니기를 바라며
천천히 움직이는 길 위에 누웠다
흔들리는 땅이 되어 하늘을 보았다

돌아가기 위하여 떠도는 수많은 영혼들이
빙빙 돌고 있을 때

나는 속을 파낸 가면을 덮어쓰고
악령이 자기편으로 착각하기를 바랐다

# 감옥 바깥의 감옥

거대한 바위산 아래 동굴
독미나리즙을 마시고 한참을
휘어진 통로, 정원처럼 거닐었다는


소크라테스의 오래된 감옥
녹이 슨 철창, 커다란 자물통으로 만든
경계를 사이에 두고
멈추지 않는 그의 하루를 스냅 사진에 담는다


저쪽은 좁은 자유, 이쪽은 넓은 감옥


달콤한 주스를 마시며
오늘도 나는 넓은 곳에 갇혀 서성인다
산 넘어 아고라 광장을 지나
감옥인 줄도 모른 채 거닐었다


누구도 자신을 알지 못했으므로
무지한 너와 나의 영혼을 찾아다닌다

넓은 감옥에서 평생을 살다가
좁은 곳에서 자유와 함께 그가 멈출 때까지

함께하지 못한 마지막 통로
그 입구에
생전에 그가 빚진 닭 한 마리 걸어다닌다

# 붉은 칸나를 위한 밀서

박형준

서정시는 인류의 위대한 문명적 성취 중 하나이다. 시는 인간의 의사소통 가능성을 확장하면서, 구술언어와 문자언어의 사용법을 넓히고 심화하는 데 기여하였다. 이 과정에서 인간의 정서적 스펙트럼은 매우 다채로워졌으며, 자신과 다른 억양과 어법을 지닌 타자와도 커뮤니케이션할 수 있는 역량을 갖게 되었다. 비록 가시적인 효과가 크지 않더라도, 학교에서 시를 배우는 까닭이다.

안효희 시인의 신작『너를 사랑하는 힘』은 타자와의 (불)가능한 소통 가능성을 치열하게 탐문하고 있다. 그녀는 이미『꽃잎 같은 새벽 네 시』,『서른여섯 가지 생각』과 같은 시집을 상재한 바 있다. 보통, 시인(들)이 세 번째 작품집에 이르러 개성적인 문체와 주제를 정초하게 되는 것을 감안한다면, 근작『너를 사랑하는 힘』은 작가가 세상과 소통하는 방식과 입장을 확인할 수 있는 텍스트라고 볼 수 있다.

　이 시집은 크게 네 부분으로 이루어져 있다. 각각의 시편은 시간적 순서에 따른 전개 방식이 아니라, 인간의 권태와 고독을 고현학적으로 구성하고 있다. 시인은 무의미한 일상 속에 고립되어 있는 현대인의 삶을 온 마음으로 응시하고 있는데, 그것은 특히 2, 4부에서 잘 드러난다. 두 꼭지에서 공통적으로 확인할 수 있는 주제 의식은 '소멸 감각'이며, 이는 그녀의 작품 세계를 이해하는 소실점이 된다.

　시인은 예민한 감정의 촉수를 바탕으로, 사라지거나 떠나가는 "얼굴"(「떠나가는 얼굴들」)을 기억하는 마음의 중요성을 노래하고 있다. 인간의 유한한 삶 속에서 소진되어가는 영혼의 목소리("부르는 소리")에 귀 기울이는 것이 "시(詩)"이며, 그 불가능한 의사소통을 가능하게 하는 존재가 "시인(詩人)"이라고 믿고 있기 때문이다. 「거대한 입」, 「무연고(無緣故) 슬픔」, 「로또 아이스크림」, 「유언」, 「떠나가는 얼굴들」, 「곡(哭), 혹은 울음」, 「검은 우산이 필요해」, 「무심한 당신」, 「마른 꽃」 등은 모두 생(生)의 바깥으로 추방된 사물/존재에 대한 시적 애도이다. 그래서 『너를 사랑하는 힘』의 주된 정조는 멜랑콜리(melancholy)이지만, 그녀의 시어는 전혀 음습하지 않다.

　마르틴 하이데거의 『존재와 시간』을 언급하지 않더라도, 죽음에 대한 선구는 시인의 숙명이다. 그러므로 제대로 된 시인이라면 '사라지는 것(들)'에 무심할 수가 없다. 「떠나가는 얼굴들」에서 확인할 수 있듯, 안효희 시인은 우리의 일상에서 망각되거나 폐기("폐역")되는 존재("얼굴")를 애척하는 동시에, "죽은 시간"
속에서 새로운 삶의 가능성을 발굴하는 고고학적 태도를 견지
하고 있다.

물론 죽음에 대한 탐구와 애도 자체가 시작(詩作)의 참신함을
담보해주는 것은 아니다. 실제로 「스무 살 정희」, 「곡(哭), 혹은
울음」 등과 같은 작품에서는 다소 회고적이며 감상적인 어조가
느껴지기도 한다. 그렇다면 『너를 사랑하는 힘』이 여타의 죽음
시편과 변별되는 이유는 무엇인가. 그것은 안효희의 시가 인간
삶의 유한성을 지각하는 데 그치지 않고 이를 디스토피아적인
세계 풍경으로 확장하고 있다는 점이다. 1, 4부에 수록된 작품
군(群)이 구체적인 증례가 된다. 이들 시편은 인간이 상품의 지
배를 받거나, 오히려 사물로부터 소외되는 자본주의적 모순과
병폐를 묘사하고 있다(오늘의 특선). 이를테면, 「중독」이라는 시
에서는 외부세계와 철저하게 고립된 채 기호(상품)의 소비에만
골몰하고 있는 도시인의 모습이 그려진다. 닫힌 사회와 유폐된
개인, 세상과 단절된 채 홈쇼핑과 택배 서비스에 의지해 생존
하고 있는 현대인의 내면 풍경은 황량한 외로움으로 점철되어
있다. 다음의 작품을 보자.


　　수많은 타인들 걸어가는 거리, 셋 중 한 명은 혼자 산다
혼술, 혼밥, 혼영을 즐기는 새로운 방식, 동거인 없는 집에
무성한 것은 모노드라마이거나 독백, 어느 작가의 묘비명처
럼 "나는 아무것도 바라지 않는다 아무것도 두려워하지 않
는다 나는 자유다"라고 외친다

…(중략)…

자신을 위해 끓인 라면을 쏟아버리고 외출을 한다 숨겨놓
은 적막에게 굿바이 손 흔든다 버젓이 걸어 나와 의자에 앉
거나 침대에 누워 모른 척한다 마주친 길고양이에게 밥을
주며 "너도 너를 기르고 있니! 가면을 벗었니!" 고독은 나의
힘, 미혼(未婚)이 아닌 비혼(非婚)은 너무 맛있고 너무 즐겁
고 너무 행복해서 가끔 눈물이 나는, 나를 기르는 중

— 「혼자 산다」 부분

시 「혼자 산다」에서, 서정적 자아의 실존 의식은 전도되어 있
다. 인간이 식물과 동물을 기르는 것이 아니라, 화분의 꽃과 고
양이가 오히려 '나'를 돌보고 있는 형국이다. 그러므로 시든 것
은 "화분"이 아니라 "나"이며, (길고양이에게 밥을 주는 것은 '나'이지
만) 정작 나를 길들이는 존재 역시 고양이다. 물론 사람과 동
물의 관계 양상에 대한 전복적 상상력은 인간세계에 대한 알레
고리다. 도시에 사는 사람의 "셋 중 한 명은 혼자" 산다. 집에
"동거인이 없"다는 것은, 인간적 관계와 구속으로부터 "자유"롭
다는 의미이기도 하지만, 근원적 외로움을 동반하는 일이기도
하다. 시의 말미에서 독신자의 정서적 결여를 아이러니한 시적
수사로 표현하고 있는 것이 그 방증이다("미혼(未婚)이 아닌 비혼
(非婚)은 너무 맛있고 너무 즐겁고 너무 행복해서 가끔 눈물이 나는"). 오해
하지 말 것은, 「혼자 산다」의 반어적 어법은 비혼주의나 독신주
의를 조소하는 말이 아니라, 현대사회를 살아가는 이들이 감당
해야 하는 필연적 고독을 보여주기 위한 언술 전략이라는 사실
이다.

130

이러한 문제 인식은 「유언」에서도 잘 드러난다. 인간의 "고독"은 "곳곳에 방치"되어 있으며, 그것은 "죽어서도 죽지 못"하는 좀비적 삶을 만든다. 인간의 존재론적 고독은 어디에서 기인하는 것일까. 그녀는 시간과 공간의 의미를 치열하게 사유함으로써, 이와 같은 질문에 응답하고자 한다. 현대인의 시간은 무한히 소진되고 있으며(「시간의 화살」), 따뜻하고 안락한 거처는 망실되어버렸다(「떨어지는……」). 인간의 육체와 정신이 마모되기 이전의 원초적 공간, 다시 말해 「거위의 달」이나 「달빛 아래」와 같은 작품에서 확인할 수 있는 시원의 장소("우포")는 이제 존재하지 않는다. 3부에 수록된 「I Park」는 이를 잘 보여주는 작품이다. 시적 화자는 자신의 "생가"("명륜동")가 재개발되어 사라지고, 그곳에 "새롭게 건설"된 브랜드 아파트가 들어섰다는 데 기시감을 느낀다. 하지만 시적 자아의 감정은 회고조의 아쉬움이 아니다. 이것은 유년 시절의 공동체(commons) 경험이 "파헤쳐"져 더 이상 존재하지 않는다는 근원적 결여감이다("사각의 공동 우물, 동그랗고 네모난 그 여름은 이제 사라졌다 죽었다"). 그렇다면 인간의 본원적 고독은, 이러한 공통감각의 상실에서 기인하는 것이라 할 수 있다.

이제 "그때"(「외면금지구역」)의 "공동 우물"(「I Park」)은 더 이상 존재하지 않는다. "그 여름"(「I Park」)의 기억만이 얼룩처럼 남아 있을 뿐이다. 많은 시인(들)이 서정적 경험을 통해 '그 시절, 그때'를 회복하고자 하지만, 그런 곳은 실재하지 않는다. 그래서일까. 안효희의 시는 현대인의 심리적 결핍을 메우거나 봉합하지 않는다. 현실과 괴리된 초월적 이상향을 상상하는 것만으로는 비루한 일상을 벗어날 수 없다고 판단하기 때문이다. 그녀는 오히려 인간적 결핍을 자기 성찰의 계기로 삼는다. 어린 왕자 이야기를 모티프로 하는 「너무 짧거나 긴 하루」에서와 같이 ─ "가령 오후 네 시에 네가 온다면 나는 세 시부터 행복해지기 시작할 거야"라고 말한 것과 같이 ─ 인간은 기다리던 시간("네 시")을 앞둔 순간("세 시")에 행복감을 느낀다. 그러나 여우의 마음과 달리, 그렇게 갈망하던 "오후 네 시"가 와도 인간의 삶은 크게 변하지 않는다. 우리의 일상은 "24시 편의점"처럼 반복될 뿐이다.

이와 같이, 3부의 작품에서는 '아직 오지 않은 시간'과 '가지 못한 장소'에 대한 이미지를 감각할 수 있다. 이편과 저편, 차안과 피안, 현실과 이상세계를 가르고 있는 「흐린 날의 건널목」이 대표적인 예다.

사람들은 이미
불빛 너머 저쪽으로 다 건너갔다

24시 편의점에서 나왔을 때
비에 젖은 라일락꽃 떨어지기 시작하는데
뛰어가면 건널 것인가

마지막 몇 개의 파란 불빛을 넘어
서두르면 닿을 것인가
나의 동쪽,
…(중략)…

저기 걸어가는 사람, 걸어오는 사람

또 한 계절이 모퉁이를 돌아서 가는데
뿌리 없는 슬픔이 보도블록을 밟으며 가는데

흐린 날의 건널목
건너지 못하는 강을 쳐다보는 말(馬)처럼
순간 속에서 바라보는

건너편 저 넓은 세상
—「흐린 날의 건널목」 부분

　비관적 어조에 따라 진술되고 있는 이 시는, 희망 없는 세계
의 적막한 풍경을 데생하고 있다. '나'는 편의점에서 나와, 도무
지 건너갈 수 없는 세계("건너편")를 바라본다. 여기에서, 화자가
문을 열고 나온 장소가 "24시 편의점"이라는 발상은 중요하다.
왜냐하면 철야 편의점은 자본의 욕망을 영속화하는 공간적 장
치이기 때문이다. 인간은 생리적 흐름과 순환적 주기를 바탕으
로 생성과 소멸의 역사를 반복한다. 그러나 24시 편의점은 자
연적 시간과 생체 리듬이 정지되어야 하는 순간마저도, 인간
의 욕망을 무제한적으로 연장한다. 무한히 반복되는 자본의 축
장 구조 속에서 피안의 세계("건너편 저 넓은 세상")란, '없는(ou) 장
소(topos)'와 다르지 않다. 아무리 "혼신의 힘"을 다한다고 해도,
또 누구보다 서두른다고 해도("서두르면 닿을 것인가"), 그곳은 결
코 닿을 수 없는 가상의 장소일 뿐이다. 어쩌면 우리는, 불가능

한 세계를 꿈꾸며 살아가고 있는지도 모른다. 너무나도 끔찍한 것은, 이처럼 희망 없는 삶이 일상이 된다는 사실이다. 「끈이 가진 자유 혹은 사유」에서 보듯, 현대인의 "무기력"하고 "무의미" 한 생은 고단하게 반복된다. "로봇처럼 일어나/타임머신을 타고 공간 이동"(「일어나세요」)을 하듯이 말이다.

「수백 마리의 나비」에서도, 이와 같은 문제 인식이 심화되고 있다. 풍선의 "작은 틈을 통하여 기체를 이루는 입자들이 공기 중으로 빠져나가 듯", 인간의 꿈도 점차 시들어가고 있다는 것. 그래서 시인은 어떻게 하면 "시들지 않고 살 수 있을까"라고 되묻는다. 서시에 해당하는 「Let it be」에서 하나의 가능성을 발견할 수 있다. 시인은 타인의 욕망에서 탈주하는 이너프(enough) 정신을 강조한다("숲이 있는 공원이면 충분하다"). 공원 벤치에서 생활하는 거리의 악사는 "낡은 기타와 하모니카로 제2의 세상"을 노래한다. 안정적으로 비를 피할 수 있는 거처가 있는 것은 아니지만, 그는 "내버려두세요"라고 말한다. 사실 "Let it be"라는 노랫말은, 시인이 독자에게 전하는 문학적 전언과 같다. 왜 남들처럼 공부하고, 어째서 남들처럼 스펙을 쌓으며, 왜 그토록 남들과 경쟁하며 살아야 하는가. "숲이 있는 공원이면 충분"하지 않은가, 라고 말이다. 노숙풍찬의 가수를 경쟁사회에서 도태한 인간형이라고 말할 수 있는 자격은 누구에게 있는 것인가. 이 대목에 이르러, 시인은 근본적인 질문에 직면한다. 「꽃잎과 물고기」를 보자.

수많은 주전자는
조각 난 물고기, 마지막 비늘로 퍼덕이는 물고기
가끔은 걸인이 되고 싶은 물고기

관 속의 주검처럼 누워 둥둥 떠가는 하늘을 보네

앞으로 뒤로 구름이 천 번을 몸 바꾸는 사이
2,500℃ 슬픔을 견딘 은백색 알루미늄들이

갈기갈기 찢어지는 몸, 자꾸 돋아나는 칼날을
포옹하네 꼬옥 껴안네
느린 수액처럼, 지울 수 없는 기억처럼

그렇게 다시 태어나는 생(生)

무엇을 깨뜨리면
다시 태어날 수 있을까!

—「꽃잎과 물고기」 부분

　이 시는 서정문학 창작의 구성 원리를 잘 보여주는 작품으로, 중국 경덕진의 도자기마을에서 느낀 점을 표현하고 있다. 시적 화자가 불가마 밖으로 나온 도자기 파편을 보며, "무엇을 깨뜨리면/다시 태어날 수 있을까"라고 묻고 있다. 이는 인간 존재에 대한 물음이기도 하겠지만, 시(예술)의 동시대적 가치에 대한 메타적 질문이기도 하다. 과연, 시는 무엇을 깨뜨려야 새롭게 태어날 수 있을 것인가. 시인은 "내 안에 있"는 "그늘"(동굴 속 동굴)을 들여다보아야 한다고 말한다. 왜냐하면 우리는 따뜻하고 포근한 거처를 상실한 채, 언제나 바깥을 향해 신경이 곤두서 있는 존재들이기 때문이다("서둘러 떠났다 늦게 도착한 집", 「집은 한 뼘도 걸어가지 않는다」). 그녀는 시가 여유로운 삶 속에서 찰나의 계시를 통해 탄생하는 낭만적 예술이 아니라, 고통스런 숙고와 반성을 통해 입안되는 자기 표현의 과정이라고 말한다. 「밀서」, 「바바리맨」, 「잠깐」, 「무거운 숟가락」, 「동굴 속의 동굴」, 「수백 마리의 나비」, 「괜찮아」 등의 작품은 이런 경향과 무관치 않다.

이와 같이, 시는 자기 자신을 성찰하는 자리에서 시작된다("비로소 앞에 있는 나를 본다"). 즉, 시적 반성은 값싼 추억("흑백사진")이나 난해한 철학적 인간학("푸코의 책", 「치유의 방식」)이 아니라, 자기 자신의 마음("깊은 그늘")을 들여다보는 데서부터 가능해지는 것이다. 가시적인 세계는 오히려 불신의 대상이다("망막 출혈", 「주렁주렁 물방울을 매달고 비구름이 지나가는 눈부신 안과」 혹은 "빛에 의한 공포, 눈이 부신 통증!", 「주렁주렁 물방울을 매달고 비구름이 지나가는 눈부신 안과」). 그렇다면, 시인이 마음의 심연에서 길어 올린 것은 무엇인가. 바로, 인간 존재의 불완전성이다. 1부의 「바바리맨」을 함께 읽어보자. 이 시는 단순히 변태적 남성성을 비판하는 작품이 아니라, 인간이 "철갑옷 바바리 속"에 본성을 감춘 채 살아가는 분열적인 존재임을 깨닫게 하는 텍스트이다. 사회는 눈에 보이는 법률과 제도, 그리고 눈에 보이지 않는 상징체계로 구성되어 있다. 그러므로 인간은 동물과 달리, 타인에게 상처를 주는 죽음/파괴 충동(thanatos)을 자기 자신의 의지에 따라 통제하고 운용할 수 있어야 한다. 굳이 복잡한 정신분석학 이론을 언급하지 않더라도, 인간은 도덕적 규율 체계(superego)에 입각하여 본능적 욕망(id)을 통어하는 존재(ego)이다. 그러므로 타인에게 수치심과 공포를 안기는 자기 분신("또 다른 나")을 "출몰"시키는 것을 존재의 자유의지라 말할 수 없다. 종국에 시인은, 인간적 삶이란 타인에 대한 배려와 공존의 문제라는 것을 「바바리맨」을 통해 보여주고 있는 셈이다.

이러한 시적 사유가 소중한 까닭은, 현대사회가 타인에 대한 믿음과 신뢰가 상실된 시대이기 때문이다. 표제작 「너를 사랑하는 힘」에서 타자에 대한 (불)가능한 만남의 가능성("두근거리는 의심")을 모색하고 있는 것 역시 같은 이유이다. 다음 작품을 보자.

믿음이라는 것은 어디까지 유효한가!

한쪽이 짓무른 사과를 베어 문다
냉장고 속 차고 어두운 곳, 힘에 짓눌린 양파는 썩는다 살이 맞닿은 사과는 물러진다

서로에게 상처주지 않는 적절한 거리는 몇 미터인가!

달은 지고 꿈은 선명하였다
침묵하거나 침묵하지 못한 변명을 삼키며 맨발로 이상한 밤을 걸어간다 손을 내민 채 잠이 들면 수십 킬로미터를 걸어온 네가 마주 잡아 줄 것인가

모든 것을 끌어안은 채 마지막 이별, 주황색 불빛이 그림자를 당기는 거리에 선다 아를(Arles)의 밤처럼 외롭고 스산

한 별빛이 머리 위에 빛난다

썩고 싶지 않았던 고백과 뉘우침이, 느린 구름을 머리에
이고 천천히 걸어간다 또다시 발이 푹 빠지고 두근거리는
의심으로

— 「너를 사랑하는 힘」 전문

이 시는 인간관계가 단절된 채 살아가는 현대인의 '관계적 거
리(distance)'를 감지하게 한다. 그대(타자, others)에게 가는 길은 너
무나도 멀다. 역설적으로, 타인 역시 시적 화자가 내민 손을 잡
기 위해서는 "수십 킬로미터를 걸어"와야 한다. "나"는 늘 "두근
거리는 의심"으로 타자와 조우한다. 그 "믿음"은 유효기간이 설
정되어 있으며, 우리는 그 거리를 계산하며 살아갈 수밖에 없
다("서로에게 상처주지 않는 적절한 거리는 몇 미터인가!"). 하지만 그렇게
정교하게 측정된 관계/거리는 인간을 고립시킨다. "독신주의가
아니"라고, "신비주의 전략이 아니"("중독")라고 아무리 외쳐보아
도, 그것은 공허한 메아리로 되돌아올 뿐이다. 그렇다면 이미
짓물러진 인간관계를 회복하기 위해서는 어떻게 해야 하는가?
안효희 시인은 타인과의 관계 맺기를 끝까지 포기하지 않는 '말
건넴'의 자세가 중요하다고 말한다. 그것은 "수십 킬로미터"의
진창("발이 푹 빠지고 두근거리는 의심")을 걸어가야 하는 고단한 여정
을 동반하는 것이지만—기대("믿음")와 실망("의심")의 반복이지만
—, 결코 포기해서는 안 되는 마음의 힘("믿음")이기도 하다. 근작
『너를 사랑하는 힘』에서 이러한 시적 가치를 명징하게 보여주는

작품이 「붉은 맨드라미, 붉은 칸나」이다. 조금 길지만, 전문을
인용한다.

장작 난로에 불 피우려면
기도하듯 무릎 꿇어야 한다
아니 누군가에게 용서받아야 한다면
장작 난로에 불 피워야 한다

신문지 북북 찢어 불쏘시개를 깔고
밤을 견딘 밤나무 잔가지를 모아 불을 붙인다

차가워 냉정했거나
얼었던 마음에 불씨 붙일 수 있다면

말라
죽어가던 나무가 타닥타닥

다시 살아난다

불이 되면서 생긴 갈등과
증오의 부스러기가 연기로 피어오른다
가만히 무릎을 꿇은 자세,
연기를 핑계 삼아 눈물 흘려도 좋다

갇혀 있던
불의 씨앗,
생일날처럼 마주 앉아

손바닥 활짝 펼쳐 빈 손을 보여준다

바람이 없어도 흔들린다
바람이 없어도 피어난다

붉은 맨드라미, 붉은 칸나
　　　　　—「붉은 맨드라미, 붉은 칸나」 전문

　시인은 이 작품에서, 동시대의 시가 타인과의 (불)가능한 동거를 가능하게 하는 "씨앗"이 되어야 함을 강조하고 있다. "불의 씨앗"을 숨기고 있는 나무처럼, 사람들의 "빈 손"을 따뜻하게 만들어줄 마음의 불꽃, 아니 시인의 멋진 표현처럼 "붉은 맨드라미, 붉은 칸나"를 꽃피워야 하는 것이다. 즉, 누군가에게 말을 건네고 싶다면, 혹은 누군가에게 용서받고 싶다면, 먼저 마음의 불을 지펴야 한다는 것. 그것이 어렵고 힘들다는 사실을 알기에, 우리는 여전히 시를 읽고 써야만 하는 것이다. 왜냐하면 서정시는 타자와의 불가능한 동거를 가능하게 하는 마음의 씨앗이자, 각자의 가슴속에 "붉은 칸나"를 그려내는 은밀한 서간(書簡)이기 때문이다.

　경주의 신비로운 장소성을 모티프로 하여, 인간관계의 취약성을 사유하고 있는 「밀서」는, 그러한 마음의 필요성을 역설하고 있는 작품이다. 시적 화자는 "왕릉"의 "푸른 나뭇가지"에서 고대 왕국에 서려 있는 화려한 슬픔("아직도 뚝뚝 떨어지는 핏방울")을 읽어낸다. 이 시는 자연("나무")과 인간("나")을 대비하면서, 자연이 전하고 있는 지혜("밀서")와 인간적 한계를 성찰하고 있다. 장대한 세월의 역사를 증언하고 있는 자연에 비해, 인간은 얼마나 미미하고 약한 존재인가("끝없는 몰락의 길"). 그러나 과연 인간은 우주의 진리와 경고를 읽어낼 수 있는가. 그렇지 않다. 그래서 우리에게는 시인이 필요하다. 과학도가 아니라 문학도가 필요한 것은 이 순간이다. 자연의 밀서는 인간을 향한 연서(戀書)이다. 수천 년, 수만 년을 버텨온 자연이 전하는 우주의 속삭임은 인간을 살리는 사랑의 언어이다. 그러므로 시인은 독자를 대신하여 대지의 문장을 낭독하는 전기수(傳奇叟)와 다르지 않다.

시는 인간의 생각과 마음을 함축적 언어로 표현하는 예술행위이다. 그러나 날카롭게 벼려진 문학적 언어보다 더욱 중요한 것은, 그 속에 스며들어 있는 인간의 마음, 마음이다. 인간의 삶은 언어, 민족, 인종, 환경, 세대, 지역, 젠더 등에 따라 분별된다. 시는 이러한 '차이'로부터 발생하는 마음의 갈등을 감지하고 치유하는 심상(心想)적 소통행위이다. 동물과 달리 인간을 '호모 커뮤니쿠스'라고 부르는 까닭은, 인간이 자신보다 약하고 외로운 이의 목소리에도 귀 기울일 줄 아는 존재이기 때문이다. 이를 환기하고 감지하게 하는 것이 현대시의 역할이라면, 안효희 시인은 그러한 책무를 누구보다 충실히 수행하고 있다고 말할 수 있을 것이다.

朴炯俊 | 문학평론가 · 부산외국어대학교 교수

푸른사상 시선 94

# 너를 사랑하는 힘